Jules Verne

Un Drame au Mexique

Texte et illustration de couverture : © domaine public
Edition : Culturea (Hérault, 34)
Contact : infos@culturea.fr
Retrouvez notre catalogue sur http://culturea.fr
Imprimé en Allemagne par Books on Demand
Design typographique : Derek Murphy
Layout : Reedsy (https://reedsy.com/)

Dépôt légal : janvier 2023

ISBN : 9791041915743

Table des matières

I

DE L'ÎLE GUAJAN A ACAPULCO

Le 18 octobre 1825, *l'Asia*, vaisseau espagnol de haut bord, et *la Constanzia*, brick de huit canons, relâchaient à l'île de Guajan, l'une des Mariannes. Depuis six mois que ces navires avaient quitté l'Espagne, leurs équipages, mal nourris, mal payés, harassés de fatigue, agitaient sourdement des projets de révolte. Des symptômes d'indiscipline s'étaient plus spécialement révélés à bord de *la Constanzia*, commandée par le capitaine don Orteva, homme de fer, que rien ne faisait plier. Certaines avaries graves, tellement imprévues qu'on devait les attribuer à la malveillance, avaient arrêté le brick dans sa traversée. *L'Asia*, commandée par don Roque de Guzuarte, avait été forcée de relâcher avec lui. Une nuit, le compas s'était brisé on ne sait comment. Une autre, les haubans de misaine manquèrent comme s'ils avaient été coupés, et le mât tomba avec tout son gréement. Enfin, les drosses du gouvernail s'étaient rompues deux fois pendant une importante manœuvre.

L'île de Guajan dépend, comme toutes les Mariannes, de la capitainerie générale des îles Philippines. Les Espagnols, étant là chez eux, y purent donc promptement réparer leurs avaries.

Pendant ce séjour forcé à terre, don Orteva instruisit don Roque du relâchement de discipline qu'il avait remarqué à son bord, et les deux capitaines s'engagèrent à redoubler de vigilance et de sévérité.

Don Orteva eut à surveiller plus spécialement deux hommes de son équipage, le lieutenant Martinez et le gabier José.

Le lieutenant Martinez, ayant compromis sa dignité d'officier dans les conciliabules du gaillard d'avant, avait dû être plusieurs fois consigné, et, pendant ses arrêts, l'aspirant Pablo l'avait remplacé dans les fonctions de lieutenant de *la Constanzia*. Quant au gabier José, c'était un homme vil et méprisable, qui ne pesait les sentiments qu'au poids de l'or. Il se vit donc serré de près par l'honnête contremaître Jacopo, en qui don Orteva avait toute confiance.

L'aspirant Pablo était une de ces natures d'élite, franches et courageuses, auxquelles la générosité inspire de grandes choses. Orphelin, recueilli et élevé par le capitaine don Orteva, il se fût fait tuer pour son bienfaiteur. Pendant ses longues conversations avec le contremaître Jacopo, il se laissait aller, emporté par l'ardeur de sa jeunesse et l'élan de son cœur, à parler de la tendresse filiale qu'il éprouvait pour don Orteva, et le brave Jacopo lui serrait vigoureusement la main, car il comprenait ce que l'aspirant disait si bien. Aussi, don Orteva avait-il là deux hommes dévoués, sur lesquels il pouvait compter absolument. Mais que pouvaient-ils tous trois contre les passions d'un équipage indiscipliné ? Pendant qu'ils s'employaient jour et nuit à triompher de l'esprit de discorde, Martinez, José et les autres matelots marchaient plus avant dans la révolte et la trahison.

La veille de l'appareillage, le lieutenant Martinez se trouvait à Guajan dans un cabaret de bas étage, avec quelques contremaîtres et une vingtaine de marins des deux navires.

« Camarades, disait Martinez, grâce aux avaries survenues si opportunément, le brick et le vaisseau ont dû relâcher aux

Mariannes et j'ai pu venir ici m'entretenir secrètement avec vous !

— Bravo ! fit l'assemblée d'une seule voix.

— Parlez, lieutenant, dirent alors plusieurs matelots, et faites-nous connaître votre projet.

— Voici mon plan, répondit Martinez. Dès que nous nous serons emparés des deux navires, nous ferons route vers les côtes du Mexique. Vous savez que la nouvelle Confédération est dépourvue de marine. Elle achètera donc nos vaisseaux, les yeux fermés, et non seulement notre paye sera ainsi réglée, mais le surplus du prix de vente sera également partagé entre tous.

— C'est convenu !

— Et quel sera le signal pour agir avec ensemble à bord des deux bâtiments ? demanda le gabier José.

— Une fusée s'élancera de *l'Asia*, répondit Martinez. Ce sera le moment ! Nous sommes dix contre un, et les officiers du vaisseau et du brick seront faits prisonniers avant même d'avoir le temps de se reconnaître.

— Où sera donné ce signal ? demanda l'un des contremaîtres de *la Constanzia*.

— Dans quelques jours, lorsque nous serons arrivés à la hauteur de l'île Mindanao.

— Mais les Mexicains ne recevront-ils pas nos navires à coups de canon ? objecta le gabier José. Si je ne me trompe, la Confédération a rendu un décret qui met en surveillance tous les bâtiments espagnols, et au lieu d'or, c'est peut-être du fer et du plomb qu'on nous enverra par le travers !

– Sois tranquille, José ! Nous nous ferons reconnaître, et de loin, répliqua Martinez.

– Et comment ?

– En hissant à la corne de nos brigantines le pavillon du Mexique. »

Et, ce disant, le lieutenant Martinez déploya aux yeux des révoltés un pavillon vert, blanc et rouge.

Un morne silence accueillit l'apparition de cet emblème de l'indépendance mexicaine.

« Vous regrettez déjà le drapeau de l'Espagne ? s'écria le lieutenant d'un ton railleur. Eh bien ! que ceux qui éprouvent de tels regrets se séparent de nous et aillent virer, vent devant, sous les ordres du capitaine don Orteva ou du commandant don Roque ! Quant à nous, qui ne voulons plus leur obéir, nous saurons bien les réduire à l'impuissance !

– Oui ! oui ! s'écria toute l'assemblée d'une commune voix.

– Camarades ! reprit Martinez, nos officiers comptent, avec les vents alizés, voguer vers les îles de la Sonde ; mais nous leur montrerons qu'on peut, sans eux, courir des bordées contre les moussons de l'océan Pacifique ! »

Les marins qui assistaient à ce conciliabule secret se séparèrent alors, et, par divers côtés, ils revinrent à leurs bords respectifs.

Le lendemain, dès l'aube, *l'Asia* et *la Constanzia* levaient l'ancre, et, mettant le cap au sud-ouest, le vaisseau et le brick se dirigeaient à pleines voiles vers la Nouvelle-Hollande. Le lieutenant Martinez avait repris ses fonctions, mais, suivant les ordres du capitaine don Orteva, il était surveillé de près.

Cependant, don Orteva était assailli de sinistres pressentiments. Il comprenait combien était imminente la chute de la marine espagnole, que l'insubordination conduisait à sa perte. En outre, son patriotisme ne pouvait s'accoutumer aux revers successifs qui accablaient son pays, et auxquels la révolution des États mexicains avait mis le comble. Il s'entretenait quelquefois avec l'aspirant Pablo de ces graves questions, surtout en ce qui touchait à l'ancienne suprématie des flottes espagnoles sur toutes les mers.

« Mon enfant ! lui dit-il un jour, il n'y a plus de discipline chez nos marins. Les symptômes de révolte sont plus particulièrement visibles à mon bord, et il se peut – j'en ai le pressentiment – que quelque indigne trahison m'arrache la vie ! Mais tu me vengerais, n'est-ce pas, pour venger en même temps l'Espagne, qu'on veut atteindre en me frappant ?

– Je le jure, capitaine don Orteva ! répondit Pablo.

– Ne te fais l'ennemi de personne sur ce brick, mais souviens-toi, le jour venu, mon enfant, qu'en ce temps de malheur, la meilleure façon de servir son pays, c'est de surveiller d'abord et de châtier s'il se peut les misérables qui veulent le trahir !

– Je vous promets de mourir, répondit l'aspirant, oui ! de mourir s'il le faut, pour punir les traîtres ! »

Il y avait trois jours que les navires avaient quitté les Mariannes. *La Constanzia* marchait grand largue par une jolie brise. Le brick, gracieux, alerte, élancé, ras sur l'eau, sa mâture inclinée à l'arrière, bondissait sur les lames qui couvraient d'écume ses huit caronades de six.

« Douze nœuds, lieutenant, dit un soir l'aspirant Pablo à Martinez. Si nous continuons ainsi à toujours filer, vent sous vergue, la traversée ne sera pas longue !

– Dieu le veuille ! car nous avons assez pâti pour que nos souffrances aient enfin un terme. »

Le gabier José se trouvait en ce moment près du gaillard d'arrière, et il écoutait les paroles du lieutenant.

« Nous ne devons pas tarder à avoir une terre en vue, dit alors Martinez à voix haute.

– L'île de Mindanao, répondit l'aspirant. Nous sommes, en effet, par cent quarante degrés de longitude ouest et huit de latitude nord, et, si je ne me trompe, cette île est par...

– Cent quarante degrés trente-neuf minutes de longitude, et sept degrés de latitude, » répliqua vivement Martinez.

José releva la tête, et, après avoir fait un imperceptible signe, il se dirigea vers le gaillard d'avant.

« Vous êtes du quart de minuit, Pablo ? demanda Martinez.

– Oui, lieutenant.

– Voilà six heures du soir, je ne vous retiens pas. »

Pablo se retira.

Martinez demeura seul sur la dunette et porta ses yeux vers *l'Asia*, qui naviguait sous le vent du brick. Le soir était magnifique et faisait présager une de ces belles nuits qui sont si fraîches et si calmes sous les tropiques.

Le lieutenant chercha dans l'ombre les hommes de quart. Il reconnut José et ceux des marins qu'il avait entretenus à l'île de Guajan.

Un instant, Martinez s'approcha de l'homme qui était au gouvernail. Il lui dit deux mots à voix basse, et ce fut tout.

Cependant, on aurait pu s'apercevoir que la barre avait été mise un peu plus au vent, si bien que le brick ne tarda pas à s'approcher sensiblement du vaisseau de ligne.

Contrairement aux habitudes du bord, Martinez se promenait sous le vent, afin de mieux observer *l'Asia*. Inquiet, tourmenté, il tordait dans sa main un porte-voix.

Soudain une détonation se fit entendre à bord du vaisseau.

A ce signal, Martinez sauta sur le banc de quart, et d'une voix forte :

« Tout le monde sur le pont ! cria-t-il. — A carguer les basses voiles ! »

En ce moment, don Orteva, suivi de ses officiers, sortit de la dunette, et s'adressant au lieutenant :

« Pourquoi cette manœuvre ? »

Martinez, sans lui répondre, quitta le banc de quart et courut au gaillard d'avant.

« La barre dessous ! commanda-t-il. — Aux bras de bâbord devant ! — Brasse ! — File l'écoute du grand foc ! »

En ce moment, des détonations nouvelles éclataient à bord de *l'Asia.*

L'équipage obéit aux ordres du lieutenant, et le brick, venant vivement au vent, s'arrêta immobile, en panne sous son petit hunier.

Don Orteva, se retournant alors vers les quelques hommes qui s'étaient rangés autour de lui :

« A moi, mes braves ! » s'écria-t-il.

Et s'avançant vers Martinez :

« Qu'on s'empare de cet officier ! dit-il.

– Mort au commandant ! » répondit Martinez.

Pablo et deux officiers mirent l'épée et le pistolet à la main. Quelques matelots, Jacopo en tête, s'élancèrent pour les soutenir ; mais, arrêtés aussitôt par les mutins, ils furent désarmés et mis dans l'impuissance d'agir.

Les soldats de marine et l'équipage se rangèrent dans toute la largeur du navire et s'avancèrent contre leurs officiers. Les hommes fidèles, acculés à la dunette, n'avaient plus qu'un parti à prendre : c'était de s'élancer sur les rebelles.

Don Orteva dirigea le canon de son pistolet sur Martinez.

En ce moment, une fusée s'élança du bord de *l'Asia.*

« Vainqueurs ! » s'écria Martinez.

La balle de don Orteva alla se perdre dans l'espace.

Cette scène ne fut pas longue. Le capitaine attaqua le lieutenant corps à corps ; mais, bientôt accablé par le nombre et grièvement blessé, on se rendit maître de lui. Ses officiers, quelques instants après, eurent partagé son sort.

Des fanaux furent alors hissés dans les manœuvres du brick et répondirent à ceux de *l'Asia*. La révolte avait également éclaté et triomphé à bord du vaisseau.

Le lieutenant Martinez était maître de *la Constanzia*, et ses prisonniers furent jetés pêle-mêle dans la chambre du conseil.

Mais avec la vue du sang s'étaient ravivés les instincts féroces de l'équipage. Ce n'était pas assez d'avoir vaincu, il fallait tuer.

« Égorgeons-les ! s'écrièrent plusieurs de ces furieux. A mort ! Il n'y a qu'un homme mort qui ne parle pas ! »

Le lieutenant Martinez, à la tête de mutins sanguinaires, s'élança vers la chambre du conseil ; mais le reste de l'équipage s'opposa à ce massacre, et les officiers furent sauvés.

« Amenez don Orteva sur le pont, » ordonna Martinez.

On obéit.

« Orteva, dit Martinez, je commande ces deux navires. Don Roque est mon prisonnier comme toi. Demain, nous vous abandonnerons tous les deux sur une côte déserte ; puis, nous ferons route vers les ports du Mexique, et ces navires seront vendus au gouvernement républicain.

– Traître ! répondit don Orteva.

« – Faites établir les basses voiles et orientez au plus près ! –
Qu'on attache cet homme sur la dunette. »

Il désignait don Orteva. On obéit.

« Les autres à fond de cale. Pare à virer vent devant.
Envoyez ! Hardi ! camarades. »

La manœuvre fut promptement exécutée. Le capitaine don
Orteva se trouva dès lors sous le vent du navire, masqué par la
brigantine, et on l'entendait encore appeler son lieutenant
« infâme » et « traître ! »

Martinez, hors de lui, s'élança sur la dunette, une hache à
la main. On l'empêcha d'arriver près du capitaine ; mais, d'un
bras vigoureux, il coupa les écoutes de la brigantine. Le gui,
violemment entraîné par le vent, heurta don Orteva et lui brisa
le crâne.

Un cri d'horreur s'éleva du brick.

« Mort par accident ! dit le lieutenant Martinez. Jetez ce
cadavre à la mer. »

Et on obéit toujours.

Les deux navires reprirent leur route au plus près, courant
vers les plages mexicaines.

Le lendemain, on aperçut un îlot par le travers. Les
embarcations de *l'Asia* et de *la Constanzia* furent mises à la
mer, et les officiers, à l'exception de l'aspirant Pablo et du
contremaître Jacopo, qui avaient fait acte de soumission au
lieutenant Martinez, furent jetés sur cette côte déserte. Mais,
quelques jours plus tard, ils furent heureusement recueillis par
un baleinier anglais et transportés à Manille.

D'où venait que Pablo et Jacopo avaient passé au camp des révoltés ? Il faut attendre pour les juger.

Quelques semaines après, les deux bâtiments mouillaient dans la baie de Monterey, au nord de la vieille Californie. Martinez fit savoir quelles étaient ses intentions au commandant militaire du port. Il offrait de livrer au Mexique, privé de marine, les deux navires espagnols avec leurs munitions, leur armement de guerre, et de mettre les équipages à la disposition de la Confédération. En retour, celle-ci devait leur payer tout ce qui leur était dû depuis le départ de l'Espagne.

A ces ouvertures, le gouverneur répondit en déclarant qu'il n'avait pas les pouvoirs suffisants pour traiter. Il engagea donc Martinez à se rendre à Mexico, où il pourrait aisément terminer lui-même cette affaire. Le lieutenant suivit ce conseil, et laissant *l'Asia* à Monterey, après un mois livré au plaisir, il reprit la mer avec *la Constanzia*. Pablo, Jacopo et José faisaient partie de l'équipage, et le brick, marchant grand largue, força de voiles pour atteindre au plus vite le port d'Acapulco.

II

D'ACAPULCO A CIGUALAN

Des quatre ports que le Mexique possède sur l'océan Pacifique, San-Blas, Zacatula, Tehuantepec et Acapulco, ce dernier est celui qui offre le plus de ressources aux navires. La ville est mal construite et malsaine, il est vrai, mais la rade est sûre et pourrait aisément contenir cent vaisseaux. De hautes falaises abritent les bâtiments de toutes parts, et forment un bassin si paisible, qu'un étranger, arrivant par terre, croirait voir un lac enfermé dans un circuit de montagnes.

Acapulco, à cette époque, était protégé par trois bastions qui le flanquaient sur la droite, tandis que le goulet était défendu par une batterie de sept pièces de canon, pouvant, au besoin, sous un angle droit, croiser ses feux avec ceux du fort Santo-Diego. Celui-ci, pourvu de trente pièces d'artillerie, commandait la rade entière, et eût coulé immanquablement tout navire qui aurait tenté de forcer l'entrée du port.

La ville n'avait donc rien à craindre, et, pourtant, une panique générale l'avait saisie, trois mois après les événements ci-dessus racontés.

En effet, un navire venait d'être signalé au large. Très inquiets sur les intentions de ce bâtiment suspect, les habitants d'Acapulco ne laissaient pas d'être fort peu rassurés. C'est que la nouvelle Confédération craignait encore, non sans raison, le retour de la domination espagnole ! C'est que, nonobstant les traités de commerce signés avec la Grande-Bretagne, et malgré l'arrivée du chargé d'affaires de Londres, qui avait reconnu la république, le gouvernement mexicain n'avait pas un navire à sa disposition pour protéger ses côtes !

Quel qu'il fût, ce bâtiment ne pouvait être qu'un hardi aventurier, et les vents de nord-est, qui soufflent bruyamment dans ces parages depuis l'équinoxe d'automne jusqu'au printemps, devaient rudement prendre la mesure de ses ralingues ! Or, les habitants d'Acapulco ne savaient qu'imaginer et se préparaient à tout hasard à repousser une descente d'étrangers, quand ce bâtiment tant redouté déroula à sa corne le drapeau de l'indépendance mexicaine !

Arrivée à une demi-portée de canon du port, *la Constanzia*, dont le nom pouvait se lire visiblement alors au tableau de l'arrière, mouilla subitement. Ses voiles se relevèrent sur les vergues, et une embarcation déborda, qui eut bientôt accosté le port.

Le lieutenant Martinez, aussitôt débarqué, se rendit chez le gouverneur et le mit au fait des circonstances qui l'amenaient. Celui-ci approuva la résolution qu'avait prise le lieutenant de se rendre à Mexico pour obtenir du général Guadalupe Vittoria, président de la Confédération, la ratification du marché. Cette nouvelle fut à peine connue dans la ville, que les transports de joie éclatèrent. Toute la population vint admirer le premier navire de la marine mexicaine, et vit, dans sa possession, avec une preuve de l'indiscipline espagnole, un moyen de s'opposer plus complètement [sic] encore à toute tentative nouvelle de ses anciens maîtres.

Martinez revint à son bord. Quelques heures après, le brick *la Constanzia* avait été affourché dans le port, et son équipage était hébergé chez les habitants d'Acapulco.

Seulement, lorsque Martinez fit l'appel de ses gens, Pablo et Jacopo avaient tous deux disparu.

Le Mexique est caractérisé entre toutes les contrées du globe par l'étendue et la hauteur du plateau qui en occupe le centre. La chaîne des Cordillières, sous le nom général d'Andes, traverse toute l'Amérique méridionale, sillonne le Guatemala, et, à son entrée dans le Mexique, se divise en deux branches qui accidentent parallèlement les deux côtés du territoire. Or, ces deux branches ne sont que les versants de l'immense plateau d'Anahuac, situé à deux mille cinq cents mètres au-dessus des mers voisines. Cette succession de plaines, beaucoup plus étendues et non moins uniformes que celles du Pérou et de la Nouvelle-Grenade, occupe environ les trois cinquièmes du pays. La Cordillière, en pénétrant dans l'ancienne intendance de Mexico, prend le nom de « Sierra Madre », et, à la hauteur des villes de San-Miguel et de Guanaxato, après s'être divisée en trois branches, elle va se perdre jusqu'au cinquante-septième degré de latitude nord.

Entre le port d'Acapulco et la ville de Mexico, distants l'un de l'autre de quatre-vingts lieues, les mouvements de terrain sont moins brusques et les déclivités moins abruptes qu'entre Mexico et la Vera-Cruz. Après avoir foulé le granit qui se montre dans les branches voisines du grand Océan, et dans lequel est taillé le port d'Acapulco, le voyageur ne rencontre plus que ces roches porphyritiques, auxquelles l'industrie arrache le gypse, le basalte, le calcaire primitif, l'étain, le cuivre, le fer, l'argent et l'or. Or, précisément, la route d'Acapulco à Mexico offrait des points de vue, des systèmes de végétation tout particuliers, auxquels prenaient ou ne prenaient pas garde deux cavaliers qui chevauchaient l'un près de l'autre, quelques jours après l'arrivée au mouillage du brick *la Constanzia*.

C'étaient Martinez et José. Le gabier connaissait parfaitement cette route. Il avait tant de fois arpenté les montagnes de l'Anahuac ! Aussi, le guide indien qui leur avait proposé ses services avait-il été refusé, et, montés sur d'excellents chevaux, les deux aventuriers se dirigeaient rapidement vers la capitale du Mexique.

Après deux heures d'un trot rapide qui les avait empêchés de causer, les cavaliers s'arrêtèrent.

« Au pas, lieutenant, fit José tout essoufflé. Santa Maria ! j'aimerais mieux chevaucher pendant deux heures sur le grand cacatois, pendant un coup de vent de nord-ouest !

– Hâtons-nous ! répondit Martinez. – Tu connais bien la route, José, tu la connais bien ?

– Comme vous connaissez celle de Cadix à la Vera-Cruz, et nous n'aurons ni les tempêtes du golfe, ni les barres de Taspan ou de Santander pour nous retarder !... Mais au pas !

– Plus vite, au contraire, reprenait Martinez, en éperonnant son cheval. Je redoute cette disparition de Pablo et de Jacopo ! Voudraient-ils profiter seuls du marché et nous voler notre part ?

– Par saint Jacques ! Il ne manquerait plus que cela ! répondit cyniquement le gabier. Voler des voleurs comme nous !

– Combien avons-nous de jours de marche à faire avant d'arriver à Mexico ?

– Quatre ou cinq, lieutenant ! Une promenade ! Mais au pas ! Vous voyez bien que le terrain monte sensiblement ! »

En effet, les premières ondulations des montagnes se faisaient sentir sur la longue plaine.

« Nos chevaux ne sont pas ferrés, reprit le gabier en s'arrêtant, et leur corne s'use vite sur ces rocs de granit ! Après tout, ne disons pas de mal du sol !... Il y a de l'or là-dessous, et, parce que nous marchons dessus, lieutenant, ça ne veut pas dire que nous le méprisons ! »

Les deux voyageurs étaient parvenus à une petite éminence, largement ombragée de palmiers à éventail, de nopals et de sauges mexicaines. A leurs pieds s'étalait une vaste plaine cultivée, et toute la luxuriante végétation des terres chaudes s'offrait à leurs yeux. Sur la gauche, une forêt d'acajous coupait le paysage. D'élégants poivriers balançaient leurs branches flexibles aux souffles brûlants de l'océan Pacifique. Des champs de cannes à sucre hérissaient la campagne. De magnifiques récoltes de coton agitaient sans bruit leurs panaches de soie grise. Çà et là poussaient le convolvulus ou jalap médicinal, et le piment coloré, avec les indigotiers, les cacaotiers, les bois de campêche et de gaïac. Tous les produits variés de la flore tropicale, dahlias, mentzelias, hélicantus, irisaient de leurs couleurs ce merveilleux terrain, qui est le plus fertile de l'Intendance mexicaine.

Oui ! toute cette belle nature semblait s'animer sous les rayons brûlants que leur versait à flots le soleil ; mais aussi, sous cette insupportable chaleur, les malheureux habitants se tordaient dans les étreintes de la fièvre jaune ! C'est pourquoi ces campagnes, inanimées et désertes, demeuraient sans mouvement et sans bruit.

« Quel est ce cône qui s'élève devant nous à l'horizon ? demanda Martinez à José.

— Le cône de la Brea, et il est à peine plus élevé que la plaine ! » répondit dédaigneusement le gabier.

Ce cône était la première saillie importante de l'immense chaîne des Cordillières.

« Pressons le pas, dit Martinez, en prêchant d'exemple. Nos chevaux sont originaires des haciendas du Mexique septentrional, et, dans leurs courses à travers les savanes, ils sont habitués à ces inégalités de terrain. Profitons donc des pentes du chemin, et sortons de ces immenses solitudes, qui ne sont pas faites pour nous égayer !

– Est-ce que le lieutenant Martinez aurait des remords ? demanda José en haussant les épaules.

– Des remords !... non !... »

Martinez retomba dans un silence absolu, et tous deux marchèrent au trot rapide de leurs montures.

Ils atteignirent le cône de la Brea, qu'ils franchirent par des sentiers abrupts, le long de précipices qui n'étaient pas encore ces insondables abîmes de la Sierra Madre. Puis, le versant opposé descendu, les deux cavaliers s'arrêtèrent pour faire reposer leurs chevaux.

Le soleil allait disparaître à l'horizon, quand Martinez et son compagnon arrivèrent au village de Cigualan. Ce village ne comptait que quelques huttes habitées par de pauvres Indiens, de ceux qu'on appelle « mansos », c'est-à-dire agriculteurs. Les indigènes sédentaires sont, en général, très paresseux, car ils n'ont qu'à ramasser les richesses que leur prodigue cette féconde terre. Aussi leur fainéantise les distingue-t-elle essentiellement et des Indiens jetés sur les plateaux supérieurs, que la nécessité a rendus industrieux, et de ces nomades du nord, qui, vivant de déprédations et de rapines, n'ont jamais de demeures fixes.

Les Espagnols ne reçurent dans ce village qu'une médiocre hospitalité. Les Indiens, les reconnaissant pour leurs anciens oppresseurs, se montrèrent peu disposés à leur être utiles.

D'ailleurs, avant eux, deux autres voyageurs venaient de traverser le village et avaient fait main basse sur le peu de nourriture disponible.

Le lieutenant et le gabier ne prirent pas garde à cette particularité, qui, d'ailleurs, n'avait rien de bien extraordinaire.

Martinez et José s'abritèrent donc sous une sorte de masure, et préparèrent pour leur repas une tête de mouton cuite à l'étuvée. Ils creusèrent un trou dans le sol, et, après l'avoir rempli de bois enflammé et de cailloux propres à conserver la chaleur, ils laissèrent se consumer les matières combustibles ; puis, sur les cendres brûlantes, ils déposèrent, sans aucune préparation, la viande entourée de feuilles aromatiques, et ils recouvrirent hermétiquement le tout de branchages et de terre pilée. Quelque temps après, leur dîner était à point, et ils le dévorèrent en hommes dont une longue route avait aiguisé l'appétit. Ce repas terminé, ils s'étendirent sur le sol, le poignard à la main. Puis, la fatigue l'emportant sur la dureté de la couche et la morsure incessante des maringouins, ils ne tardèrent pas à s'endormir.

Cependant, Martinez répéta plusieurs fois, dans un rêve agité, les noms de Jacopo et de Pablo, dont la disparition le préoccupait sans cesse.

III

DE CIGUALAN A TASCO

Le lendemain, les chevaux étaient sellés et bridés au point du jour. Les voyageurs, reprenant les sentiers demi-frayés qui serpentaient devant eux, s'enfoncèrent dans l'est au-devant du soleil. Leur voyage s'annonçait sous de favorables auspices. Sans la marche taciturne du lieutenant, qui contrastait avec la bonne humeur du gabier, on les eût pris pour les plus honnêtes gens de la terre.

Le terrain montait de plus en plus. L'immense plateau de Chilpanzingo, où règne le plus beau climat du Mexique, ne tarda pas à se développer jusqu'aux limites extrêmes de l'horizon. Ce pays, qui appartient aux terres tempérées, est situé à quinze cents mètres au-dessus du niveau de la mer, et il ne connaît ni les chaleurs des terrains inférieurs, ni les froids des zones plus élevées. Mais, laissant cette oasis sur leur droite, les deux Espagnols arrivèrent au petit village de San-Pedro, et, après trois heures d'arrêt, ils reprirent leur route en se dirigeant vers la petite ville de Tutela-del-Rio.

« Où coucherons-nous ce soir ? demanda Martinez.

– A Tasco ! répondit José. Une grande ville, lieutenant, auprès de ces bourgades !

– On y trouve une bonne auberge ?

– Oui, sous un beau ciel et dans un beau climat ! Là, le soleil est moins brûlant qu'au bord de la mer. Et c'est ainsi qu'en montant toujours, on arrive graduellement, mais sans trop s'en apercevoir, à geler sur les cimes du Popocatepelt.

– Quand franchirons-nous les montagnes, José ?

– Après-demain soir, lieutenant, et de leur sommet, bien loin, il est vrai, nous apercevrons le terme de notre voyage ! Une ville d'or que Mexico ! Savez-vous à quoi je pense, lieutenant ? »

Martinez ne répondit pas.

« Je me demande ce que peuvent être devenus les officiers du vaisseau et du brick que nous avons abandonnés sur l'îlot ? »

Martinez tressaillit.

« Je ne sais !... répondit-il sourdement.

– J'aime à croire, continua José, que ces hautains personnages sont tous morts de faim ! Du reste, lorsque nous les avons débarqués, plusieurs sont tombés dans la mer, et il y a dans ces parages une espèce de requin, la tintorea, qui ne pardonne pas ! Santa Maria ! Si le capitaine don Orteva ressuscitait, ce serait le cas de nous cacher dans le ventre d'une baleine ! Mais sa tête s'est heureusement rencontrée à la hauteur du gui, et quand les écoutes ont si singulièrement cassé...

– Te tairas-tu ! » s'écria Martinez.

Le marin demeura bouche close.

« Voilà des scrupules bien placés ! se dit intérieurement José. – Pour lors, reprit-il à voix haute, à mon retour, je me fixerai dans ce charmant pays du Mexique ! On y court des bordées à travers les ananas et les bananes, et l'on échoue sur des écueils d'or et d'argent !

– C'est pour cela que tu as trahi ? demanda Martinez.

– Pourquoi pas, lieutenant ? Affaire de piastres !

– Ah !... fit Martinez avec dégoût.

– Et vous ? reprit José.

– Moi !... Affaire de hiérarchie ! Le lieutenant voulait surtout se venger du capitaine !

– Ah !... » fit José avec mépris.

Ces deux hommes se valaient, quels que fussent leurs mobiles.

« Chut !... dit Martinez, s'arrêtant court. Que vois-je là-bas ? »

José se dressa sur ses étriers.

« Il n'y a personne, répondit-il.

– J'ai vu un homme disparaître rapidement ! répéta Martinez.

– Imagination !

– Je l'ai vu ! reprit le lieutenant impatienté.

– Eh bien !... cherchez à votre aise... »

Et José continua sa route.

Martinez s'avança seul vers une touffe de ces mangliers, dont les branches, qui prennent racine dès qu'elles touchent le sol, forment des fourrés impénétrables.

Le lieutenant mit pied à terre. La solitude était complète.

Soudain, il aperçut une sorte de spirale remuer dans l'ombre. C'était un serpent de petite espèce, la tête écrasée sous un quartier de roche, et dont la partie postérieure du corps se tordait encore comme si elle eût été galvanisée.

« Il y avait quelqu'un ici ! » s'écria le lieutenant.

Martinez, superstitieux et coupable, regarda de toutes parts. Il se prit à frissonner.

« Qui ? qui ?... murmura-t-il.

— Eh bien ? demanda José, qui avait rejoint son compagnon.

— Ce n'est rien ! répondit Martinez. Marchons ! »

Les voyageurs côtoyèrent alors les rives de la Mexala, petit affluent du rio Balsas, dont ils remontèrent le cours. Bientôt quelques fumées trahirent la présence d'indigènes, et la petite ville de Tutela-del-Rio apparut. Mais les Espagnols, ayant hâte de gagner Tasco avant la nuit, la quittèrent, après quelques instants de repos.

Le chemin devenait très abrupt. Aussi le pas était-il l'allure la plus ordinaire de leurs montures. Çà et là, des forêts d'oliviers apparurent sur le flanc des monts. De notables différences se manifestaient alors dans le terrain, dans la température, dans la végétation.

Le soir ne tarda pas à tomber. Martinez suivait à quelques pas son guide José. Celui-ci ne s'orientait pas sans peine au milieu des ténèbres épaisses, et il cherchait les sentiers praticables, maugréant, tantôt contre une souche qui le faisait buter, tantôt contre une branche d'arbre qui lui fouettait la figure et menaçait d'éteindre l'excellent cigare qu'il fumait.

Le lieutenant laissait son cheval suivre celui de son compagnon. De vagues remords s'agitaient en lui, et il ne se rendait pas compte de l'obsession à laquelle il était en proie.

La nuit était tout à fait venue. Les voyageurs pressèrent le pas. Ils traversèrent sans s'arrêter les petits villages de Contepec et d'Iguala, et ils arrivèrent à la ville de Tasco.

José avait dit vrai. C'était une grande cité auprès des minces bourgades qu'ils avaient laissées en arrière. Une sorte d'auberge s'ouvrait sur la plus large rue. Après avoir remis leurs chevaux à un valet d'écurie, ils entrèrent dans la salle principale, où se dressait une longue et étroite table toute servie.

Les Espagnols y prirent place, l'un vis-à-vis de l'autre, et entamèrent un repas qui eût été succulent pour des palais indigènes, mais que la faim seule pouvait rendre supportable à des palais européens. C'étaient des débris de poulets nageant dans une sauce au piment vert, des portions de riz accommodé de piment rouge et de safran, de vieilles volailles farcies d'olives, de raisins secs, d'arachides et d'oignons, des courges sucrées, des carbanzos et des pourpiers, le tout accompagné de « tortillas », sorte de galettes de maïs cuites sur une plaque de fer. Puis on servit à boire, après le repas.

Quoi qu'il en soit, à défaut du goût, la faim fut satisfaite, et la fatigue ne tarda pas à endormir Martinez et José jusqu'à une heure avancée du jour.

IV

DE TASCO A CUERNAVACA

Le lieutenant fut le premier éveillé.

« José, en route ! » dit-il.

Le gabier étendit les bras.

« Quel chemin prenons-nous ? demanda Martinez.

— Ma foi, j'en connais deux, lieutenant.

— Lesquels ?

— L'un qui passe par Zacualican, Tenancingo et Toluca. De Toluca à Mexico, la route est belle, car on a déjà escaladé la Sierra Madre.

— Et l'autre ?

— L'autre nous écarte un peu dans l'est, mais aussi, nous arrivons près des belles montagnes du Popocatepelt et de l'Icctacihualt. C'est la route la plus sûre, car c'est la moins fréquentée. Belle promenade d'une quinzaine de lieues sur une pente inclinée !

— Va pour le chemin le plus long, et en route ! dit Martinez. — Où coucherons-nous ce soir ?

– Mais, en filant douze nœuds, à Cuernavaca, » répondit le gabier.

Les deux Espagnols se rendirent à l'écurie, firent seller leurs cheveux, et remplirent leurs « mochillas », sortes de poches qui font partie du harnachement, de galettes de maïs, de grenades et de viandes séchées, car dans les montagnes ils couraient risque de ne pas trouver une nourriture suffisante. La dépense payée, ils enfourchèrent leurs bêtes et appuyèrent sur la droite.

Pour la première fois, ils aperçurent le chêne, arbre de bon augure, au pied duquel s'arrêtent les émanations malsaines des plateaux inférieurs. Dans ces plaines situées à quinze cents mètres au-dessus du niveau de la mer, les productions importées depuis la conquête se mêlaient à la végétation indigène. Des champs de blé s'étalaient dans cette fertile oasis, où poussent toutes les céréales européennes. Les arbres d'Asie et de France y entremêlaient leurs feuillages. Les fleurs de l'Orient émaillaient les tapis de verdure, unies aux violettes, aux bluets, à la verveine, à la pâquerette des zones tempérées. Quelques grimaçants arbustes résineux venaient accidenter çà et là le paysage, et l'odorat était parfumé des douces émanations de la vanille, que protégeait l'ombre des amyris et des liquidembars. Aussi, les deux aventuriers se sentaient-ils à l'aise sous cette température moyenne de vingt à vingt-deux degrés, commune aux zones de Xalapa et de Chilpanzingo, que l'on a comprises sous la dénomination de « terres tempérées ».

Cependant, Martinez et son compagnon s'élevaient de plus en plus sur le plateau de l'Anahuac, et franchissaient les immenses barrières qui forment la plaine de Mexico.

« Ah ! s'écria José, voici le premier des trois torrents que nous devons traverser ! »

En effet, une rivière, profondément encaissée, se creusait devant les pas des voyageurs.

« A mon dernier voyage, ce torrent était à sec, dit José. – Suivez-moi, lieutenant. »

Tous deux descendirent par une pente assez douce taillée dans le rocher même, et ils arrivèrent à un gué qui était aisément praticable.

« Et d'un ! fit José.

– Les autres sont-ils également franchissables ? demanda le lieutenant.

– Également, répondit José. Quand la saison des pluies grossit ces torrents, ils se jettent dans la petite rivière d'Ixtolucca que nous retrouverons dans les grandes montagnes.

– Nous n'avons rien à craindre dans ces solitudes ?

– Rien, si ce n'est le poignard mexicain !

– C'est vrai, répondit Martinez. Ces Indiens des pays élevés sont fidèles au poignard par tradition.

– Aussi, reprit le gabier en riant, que de mots pour désigner leur arme favorite : estoque, verdugo, puna, anchillo, beldoque, navaja ! Le nom leur vient aussi vite à la bouche que le poignard à la main ! Eh bien, tant mieux, Santa Maria ! Au moins nous n'aurons pas à craindre les balles invisibles des longues carabines ! Je ne sais rien de plus vexant que d'ignorer quel est le coquin qui vous tue !

– Quels sont les Indiens qui habitent dans ces montagnes ? demanda Martinez.

– Eh ! lieutenant, qui peut compter les différentes races qui se multiplient dans cet Eldorado du Mexique ! Voyez plutôt tous ces croisements que j'ai soigneusement étudiés, avec l'intention de contracter un jour quelque mariage avantageux ! On y trouve le mestisa, né d'un Espagnol et d'une Indienne ; le castisa, né d'une femme métis et d'un Espagnol ; le mulâtre, né d'une Espagnole et d'un nègre ; le monisque, né d'une mulâtresse et d'un Espagnol ; l'albino, né d'une monisque et d'un Espagnol ; le tornatras, né d'un albino et d'une Espagnole ; le tintinclaire, né d'un tornatras et d'une Espagnole ; le lovo, né d'une Indienne et d'un nègre ; le caribujo, né d'une Indienne et d'un lovo ; le barsino, né d'un coyote et d'une mulâtresse ; le grifo, né d'une négresse et d'un lovo ; l'albarazado, né d'un coyote et d'une Indienne ; le chanisa, né d'une métis et d'un Indien ; le mechino, né d'une lova et d'un coyote ! »

José disait vrai, et la pureté des races, fort problématique dans ces contrées, rend fort incertaines les études anthropologiques. Mais, en dépit des savantes conversations du gabier, Martinez retombait sans cesse dans sa taciturnité première. Il s'écartait même volontiers de son compagnon, dont la présence semblait lui peser.

Deux autres torrents vinrent bientôt couper la route. Là, le lieutenant demeura désappointé en voyant leur lit à sec, car il comptait y faire désaltérer son cheval.

« Nous voici comme en calme plat, sans vivres et sans eau, lieutenant, dit José. Bah ! Suivez-moi ! Cherchons entre ces chênes et ces ormes un arbre qu'on appelle l'« ahuehuelt », et qui remplace avantageusement les bouchons de paille dont on décore les auberges. Sous son ombre, on rencontre toujours une source jaillissante, et, si ce n'est que de l'eau, ma foi, je vous dirai que l'eau, c'est le vin du désert ! »

Les cavaliers tournèrent le massif, et bientôt ils eurent trouvé l'arbre en question. Mais la fontaine promise était tarie, et on voyait même qu'elle l'avait été récemment.

« C'est singulier, dit José.

– N'est-ce pas que c'est singulier ! fit Martinez en pâlissant. – En route, en route ! »

Les voyageurs n'échangèrent plus un mot jusqu'à la bourgade de Cacahuimilchan. Là, ils délestèrent un peu leurs mochillas. Puis, ils se dirigèrent vers Cuernavaca en s'enfonçant dans l'est.

Le pays se présentait alors sous un aspect extrêmement abrupt, et faisait pressentir les pics gigantesques dont les cimes basaltiques arrêtent les nuages venus du grand Océan. Au détour d'un large rocher apparut le fort de Cochicalcho, bâti par les anciens Mexicains, et dont le plateau a neuf mille mètres carrés. Les voyageurs se dirigèrent vers le cône immense qui en forme la base et que couronnent des rochers oscillants et des ruines grimaçantes.

Après avoir mis pied à terre et attaché leurs chevaux au tronc d'un orme, Martinez et José, désireux de vérifier la direction de la route, grimpèrent au sommet du cône à l'aide des aspérités du terrain.

La nuit tombait, et, revêtant les objets de contours indécis, leur prêtait des formes fantastiques. Le vieux fort ne ressemblait pas mal à un énorme bison accroupi, la tête immobile, et le regard inquiet de Martinez croyait voir des ombres s'agiter sur le corps du monstrueux animal. Il se tut néanmoins pour ne pas donner prise aux railleries de l'incrédule José. Celui-ci s'aventurait lentement à travers les sentiers de la montagne, et, quand il avait disparu derrière quelque anfractuosité, il guidait son compagnon au bruit de ses « saint Jacques ! » et de ses « Santa Maria ! »

Tout à coup, un énorme oiseau de nuit, jetant un cri rauque, s'éleva pesamment sur ses larges ailes.

Martinez s'arrêta court.

Un énorme quartier de roche oscillait visiblement sur sa base à trente pieds au-dessus de lui. Soudain, ce bloc se détacha, et, brisant tout sur son passage avec la rapidité et le bruit de la foudre, il alla s'engouffrer dans l'abîme.

« Santa Maria ! s'écria le gabier. – Ohé ! lieutenant ?

– José ?

– Par ici ! »

Les deux Espagnols se rejoignirent.

« Quelle avalanche ! Descendons, » dit le gabier.

Martinez le suivit sans mot dire, et tous deux eurent bientôt regagné le plateau inférieur.

Là, un large sillon marquait le passage du rocher.

« Santa Maria ! s'écria José. Voici que nos chevaux ont disparu, écrasés, morts !

– Vrai Dieu ? fit Martinez.

– Voyez ! »

L'arbre auquel les deux animaux étaient attachés, en effet, avait été emporté avec eux.

« Si nous avions été dessus !... » reprit philosophiquement le gabier.

Martinez était en proie à un violent sentiment de terreur.

« Le serpent, la fontaine, l'avalanche ! » murmura-t-il.

Soudain, les yeux hagards, il s'élança sur José.

« Est-ce que tu ne viens pas de parler du capitaine don Orteva ? » s'écria-t-il, les lèvres contractées par la colère.

José recula.

« Ah ! pas de folie, lieutenant ! Un dernier coup de chapeau à nos bêtes, et en route ! Il ne fait pas bon demeurer ici, quand la vieille montagne secoue sa crinière ! »

Les deux Espagnols arpentèrent alors le chemin sans mot dire, et, dans le milieu de la nuit, ils arrivèrent à Cuernavaca ; mais il leur fut impossible de se procurer des chevaux, et le lendemain matin, ce fut à pied qu'ils se dirigèrent vers la montagne du Popocatepelt.

V

DE CUERNAVACA AU POPOCATEPELT

La température était froide et la végétation nulle. Ces hauteurs inaccessibles appartiennent aux zones glaciales, appelées « terres froides ». Déjà les sapins des régions brumeuses montraient leurs sèches silhouettes entre les derniers chênes de ces climats élevés, et les sources étaient de plus en plus rares dans ces terrains composés en grande partie de trachytes fendillés et d'amygdaloïdes poreuses.

Depuis six grandes heures, le lieutenant et son compagnon se traînaient péniblement, déchirant leurs mains aux vives arêtes du roc et leurs pieds aux cailloux aigus de la route. Bientôt la fatigue les força de s'asseoir. José s'occupa de préparer quelque nourriture.

« Satanée idée, de n'avoir pas pris le chemin ordinaire ! » murmurait-il.

Tous deux espéraient trouver à Aracopistla, village entièrement perdu dans les montagnes, quelque moyen de transport pour terminer leur voyage ; mais quelle fut leur déception de n'y rencontrer que le même dénuement, le manque absolu [sic] de tout et la même inhospitalité qu'à Cuernavaca ! Il fallait arriver pourtant.

Alors se dressait devant eux l'immense cône du Popocatepelt, d'une telle altitude que l'œil s'égarait dans les nuages en cherchant le sommet de la montagne. La route était d'une aridité désespérante. De toutes parts, d'insondables précipices se creusaient entre les saillies de terrain, et les sentiers vertigineux semblaient osciller sous les pas des voyageurs. Pour reconnaître le chemin, il leur fallut gravir une partie de cette montagne, haute de cinq mille quatre cents mètres, qui, appelée la « Roche fumante » par les Indiens, porte encore la trace de récentes explosions volcaniques. De sombres crevasses lézardaient ses flancs abrupts. Depuis le dernier voyage du gabier José, de nouveaux cataclysmes avaient bouleversé ces solitudes, qu'il ne pouvait reconnaître. Aussi se perdait-il au milieu des sentiers impraticables, et s'arrêtait-il parfois en prêtant l'oreille, car de sourdes rumeurs couraient çà et là à travers les fentes de l'énorme cône.

Déjà le soleil déclinait sensiblement. De gros nuages, écrasés contre le ciel, rendaient l'atmosphère plus obscure. Il y avait menace de pluie et d'orage, phénomènes fréquents dans ces contrées où l'élévation du terrain accélère l'évaporation de l'eau. Toute espèce de végétation avait disparu sur ces rochers, dont la cime se perd sous les neiges éternelles.

« Je n'en puis plus ! dit enfin José, tombant de fatigue.

— Marchons toujours ! » répondit le lieutenant Martinez avec une fiévreuse impatience.

Quelques coups de tonnerre résonnèrent bientôt dans les crevasses du Popocatepelt.

« Que le diable me confonde si je me retrouve parmi ces sentiers perdus ! s'écria José.

— Relève-toi, et marchons ! » répondit brusquement Martinez.

Il força José de reprendre route en trébuchant.

« Et pas un être humain pour nous guider ! murmurait le gabier.

– Tant mieux ! dit le lieutenant.

– Vous ne savez donc pas que, chaque année, il se commet un millier de meurtres à Mexico, et que les environs n'en sont pas sûrs !

– Tant mieux ! » dit Martinez.

De larges gouttes de pluie étincelaient çà et là sur les quartiers de roche, éclairés des dernières lueurs du ciel.

« Les pics qui nous environnent une fois franchis, que verrons-nous ? demanda le lieutenant.

– Mexico à gauche, Puebla à droite, répondit José, si nous voyons quelque chose ! Mais nous ne distinguerons rien ! Il fait trop noir !... Devant nous sera la montagne d'Icctacihualt, et, dans le ravin, la bonne route ! Mais du diable si nous y parviendrons !

– Marchons ! »

José disait vrai. Le plateau de Mexico est enfermé dans un immense carré de montagnes. C'est un vaste bassin ovale de dix-huit lieues de long, de douze de large et de soixante-sept de circonférence, entouré de hautes saillies, parmi lesquelles se distinguent, au sud-ouest, le Popocatepelt et l'Icctacihualt. Une fois arrivé au sommet de ces barrières, le voyageur n'éprouve plus aucune difficulté pour descendre dans le plateau d'Anahuac, et, en se prolongeant dans le nord, la route est belle jusqu'à Mexico. A travers de longues avenues d'ormes et de peupliers, on admire les cyprès plantés par les rois de la dynastie aztèque, et les schinus, semblables aux saules pleureurs de l'Occident. Çà et là, les champs labourés et les jardins en fleur étalent leurs récoltes, tandis que pommiers, grenadiers et cerisiers respirent à l'aise sous ce ciel bleu foncé, que fait l'air sec et raréfié des hauteurs terrestres.

Les éclats de tonnerre se répétaient alors avec une extrême violence dans la montagne. La pluie et le vent, qui se taisaient parfois, rendaient les échos plus sonores.

José jurait à chaque pas. Le lieutenant Martinez, pâle et silencieux, jetait de mauvais regards sur son compagnon, qui se dressait devant lui comme un complice qu'il eût voulu faire disparaître !

Soudain un éclair illumina l'obscurité ! Le gabier et le lieutenant étaient sur le bord d'un abîme !...

Martinez marcha vivement à José. Il lui mit la main sur l'épaule, et, après les derniers roulements du tonnerre, il lui dit :

« José !... j'ai peur !...

– Peur de l'orage ?

– Je ne crains pas la tempête du ciel, José, mais j'ai peur de l'orage qui se déchaîne en moi !...

– Ah ! vous pensez encore à don Orteva !... Allons, lieutenant, vous me faites rire ! » répondit José, qui ne riait pas, car Martinez avait les yeux hagards, en le regardant.

Un formidable coup de tonnerre retentit.

« Tais-toi, José, tais-toi ! s'écria Martinez, qui ne semblait plus être maître de lui.

– La nuit est bien choisie pour me sermonner ! reprit le gabier. Si vous avez peur, lieutenant, bouchez-vous les yeux et les oreilles !

– Il me semble, s'écria Martinez, que je vois le capitaine... don Orteva... la tête brisée !... là... là... »

Une ombre noire, illuminée d'un éclair blanchâtre, se dressa à vingt pas du lieutenant et de son compagnon.

Au même instant, José vit près de lui Martinez, pâle, défait, sinistre, le bras armé d'un poignard !

« Qu'est-ce que c'est ?... » s'écria-t-il.

Un éclair les enveloppa tous deux.

« A moi ! » cria José...

Il n'y avait plus qu'un cadavre à cette place. Nouveau Caïn, Martinez fuyait au milieu de la tempête, son arme ensanglantée à la main.

Quelques instants après, deux hommes se penchaient sur le cadavre du gabier, disant :

« Et d'un ! »

Martinez errait comme un fou à travers ces sombres solitudes. Il courait, tête nue, sous la pluie qui tombait à flots.

« A moi ! à moi ! » hurlait-il en trébuchant sur les roches glissantes.

Soudain, un bouillonnement profond se fit entendre.

Martinez regarda et il entendit le fracas d'un torrent.

C'était la petite rivière d'Ixtolucca qui se précipitait à cinq cents pieds au-dessous de lui.

A quelques pas, sur le torrent même, était jeté un pont formé de cordes d'agave. Retenu aux deux rives par quelques pieux enfoncés dans le roc, ce pont oscillait au vent comme un fil tendu dans l'espace.

Martinez, se cramponnant aux lianes, s'avança en rampant sur le pont. A force d'énergie, il parvint à la rive opposée...

Là, une ombre se dressa devant lui.

Martinez recula sans mot dire et se rapprocha de la rive qu'il venait de quitter.

Là, aussi, une autre forme humaine lui apparut.

Martinez revint, à genoux, au milieu du pont, les mains crispées par le désespoir !

« Martinez, je suis Pablo ! dit une voix.

— Martinez, je suis Jacopo ! dit une autre voix.

— Tu as trahi !... tu vas mourir !

— Tu as tué !... tu vas mourir ! »

Deux coups secs se firent entendre. Les pieux, qui retenaient les deux extrémités du pont, tombèrent sous la hache...

Un horrible rugissement éclata, et Martinez, les mains étendues, fut précipité dans l'abîme.

Une lieue au-dessous, l'aspirant et le contremaître se rejoignaient, après avoir passé à gué la rivière d'Ixtolucca.

« J'ai vengé don Orteva ! dit Jacopo.

– Et moi, répondit Pablo, j'ai vengé l'Espagne ! »

Ainsi naquit la marine de la Confédération mexicaine. Les deux navires espagnols, livrés par les traîtres, restèrent à la nouvelle république, et ils devinrent le noyau de la petite flotte qui disputait naguère le Texas et la Californie aux vaisseaux des États-Unis d'Amérique.